跟着诗词去旅行

随风潜入夜，润物细无声。

巴蜀繁华

白鳍豚文化 著

中国致公出版社　知音动漫

本书的 多样玩法

◆ 诗词通关宝典 ◆

如果你喜爱诗词，书里有200多首经典诗词等你吟诵，更有沁人心脾的美文带你邂逅诗词之美。

◆ 旅行研学攻略 ◆

想来一场说走就走的旅行？没问题，88个城市攻略，从长江到黄河，从高原到海岛，定制研学目标和路线，让你在行走中增长见识。

◆ 趣味知识百科 ◆

天下第一行书是什么？《西游记》中的唐僧真有其人吗？趣味知识，名人故事，科学现象……让你变身知识达人！

还能当做一本作文素材书，旅行打卡清单……

更多功能等你解锁！

使用说明

1. 用微信扫描二维码，关注公众号。
2. 后台回复城市名，如回复"北京"，即可获得音频。

公众号后台回复**城市名**，获取音频答案

成都："三顾频烦天下计"的出处是哪里？

乐山：乐山市有哪些世界级遗产？

广元：画一画红军长征的路线。

重庆：嘉陵江和长江有一道分界线，为什么？

宜昌：你知道昭君出塞的故事吗？

武汉：你知道辛亥革命的意义吗？

荆州：你知道哪些与凤鸟有关的神话？

襄阳：现存最早的汉族诗文总集是？

长沙：湖南省博物馆有哪些展品？

岳阳：洞庭湖是由哪些河流汇聚而成的？

惠州：找一找，这套书里还有哪些西湖。

桂林：象鼻山是怎么形成的？

柳州：你知道刘三姐的故事吗？

阿坝藏族羌族自治州：钙华池是怎么形成的呢？

昆明：你能理解大观楼长联的意思吗？

拉萨："转山"是什么意思？

广州：广州为什么又叫羊城？

贵阳：贵阳这个名字跟它的气候有关吗？

香港：香港何时被割让出去，何时回归？

南宁：中国人口最多的少数民族是？

大理："云南十八怪"指的是什么？

澳门：你知道"澳门八景"是什么吗？

诗词美文

成都位于亚热带季风气候区,又地处盆地,素来潮湿多雨。杜甫在草堂客居多年,成都的和风细雨、暴风骤雨,都成为他吟咏的对象,被融进诗歌里。这首《春夜喜雨》正是他对成都春雨的赞歌呢!

春夜喜雨

唐·杜甫

好雨知时节,当春乃发生。
随风潜入夜,润物细无声。
野径云俱黑,江船火独明。
晓看红湿处,花重锦官城。

【注释】

1. 潜(qián):暗暗地,悄悄地。
2. 野径(jìng):田野间的小路。
3. 红湿处:雨水湿润的花丛。红指花朵。

春色悄悄地染绿大地，枝头上抽枝的嫩芽舒展开身体，田野里播下的种子在春夜里暗自孕育，草堂边白日里啼鸣的娇莺已归巢歇息。一场知晓春意的好雨便在这春夜里造访大地了。

　　它不言不语，伴随着微风，潜进黑夜。带着它的使命，掩藏起声音，无私地滋养着饥渴的大地，无声地滋润着春夜里的万物。它沾湿了鸟儿的巢穴，轻敲着农人的窗边，浸润待放的花蕾，溅起河心阵阵涟漪……

　　在这静谧无声、漆黑如墨的夜里，谁也不曾注意。一场好雨，给春日的大地带来了一场洗礼，多么让人欣喜。喜的是农人丰收有望，喜的是锦官城和平安宁，喜的是大地勃勃生机。

　　趁着夜深，早点睡去吧。明日破晓，那因沾染着雨珠而沉甸甸的花丛，定会把锦官城映照得更加繁华美丽。

研学攻略

研学目标： 体验成都丰厚的历史文化，领悟人与自然和谐共处的世界观。

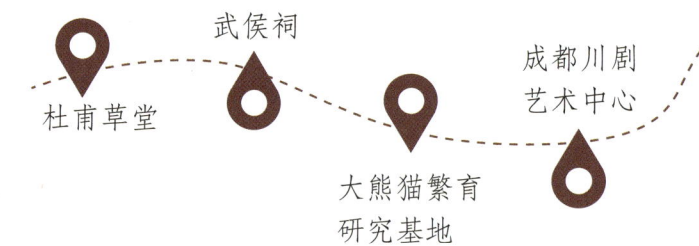

杜甫草堂 — 武侯祠 — 大熊猫繁育研究基地 — 成都川剧艺术中心

> 设计一条杜甫草堂的游玩路线吧！

1 参观杜甫草堂

诗词研学，"人日"游草堂。

走进草堂，摸摸诗圣的胡须，看看唐时的景色，吟诵着杜甫的诗歌，就好像站在杜甫面前跟他对话一样。

> 对联里有句话好熟悉，在书里找到出处吧。

2 走进武侯祠

参观武侯祠，读《三国演义》，逛锦里。在武侯祠里，刘备关羽张飞的情义、诸葛亮的智慧、五虎将的勇猛都能一一感受。

3 到繁育研究基地看熊猫

憨态可掬、呆萌可爱的"国宝"大熊猫俘获了全世界人的心。作为大熊猫的家乡,四川建立了大熊猫繁育研究基地。

> 你知道戏剧界唯一一项国家机密指什么吗?

4 来戏院赏川剧

川剧好像魔术,表演者嘴一张就吐火,一转身就变脸。拉胡琴、敲小鼓的人跟着一起唱高腔,热闹非凡。

5 寻访街巷的美食店

数不胜数的美食让成都成了"世界美食之都"。为了美食,也值得来一次成都。

担担面

麻婆豆腐

冒菜火锅

◆ 拓展阅读 ◆

蜀相

唐·杜甫

丞相祠堂何处寻,锦官城外柏森森。
映阶碧草自春色,隔叶黄鹂空好音。
三顾频烦天下计,两朝开济老臣心。
出师未捷身先死,长使英雄泪满襟。

诗词美文

峨眉山是蜀中有名的大山。李白幼年时曾在蜀地居住,因此峨眉山月也可视为李白的故园之月。李白年轻时初离此地,对着峨眉山月曾有一番情感流露呢!

峨眉山月歌

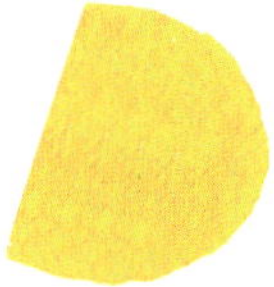

唐·李白

峨眉山月半轮秋,影入平羌江水流。
夜发清溪向三峡,思君不见下渝州。

【注释】

1. 半轮秋:半圆的秋月。
2. 平羌(qiāng):指峨眉山附近的平羌峡。
3. 渝州:今重庆。

夜很安静，秋天的风带来了一丝凉意。这时，在那深深的墨色天空中，月亮像个半圆形的弓弦，高高挂着，慢慢散发出柔柔的黄色光芒。

这月光安静又柔美，它默默地从天上洒下来，洒在了峨眉山上，洒在了青色的江水中，洒在了这即将离去的小舟里。

再看那江面上，有好大一个半圆形的月亮啊，它干净、清晰，明亮亮的影子随着江水一起一伏地流淌着、摇摆着、波动着……

再见了，秋天！再见了，蜀地！再见了，峨眉山！今夜，我就要从清溪出发，驶向那远处未知的三峡，去看一看外面的精彩世界！

我会想念这里，想念今夜这半圆的月亮，想念这秋天的江水。虽然恋恋不舍，我也必须顺流而下，顺着祖国的大好河川，奔向远方！

研学攻略

研学目标： 触摸乐山山水古城文化，感受世界自然与文化遗产的独特魅力。

1 登峨眉山

来到峨眉山，在山下万年寺看普贤菩萨骑坐六牙巨象的雕塑，上山观看壮丽的日出和云海，还可以和顽皮可爱的猴群互动，寻找枯叶蝶、木鱼鸟的踪迹。

> 佛教有四大名山，本套书中收录了三处，快来找一找！

> 请列举位于乐山市的世界级自然或文化遗产。

2 赏乐山大佛

"山是一尊佛，佛是一座山。"头与山齐、脚踏大江的乐山大佛屹立在岷江东岸的凌云山麓。观大佛的最佳点在大佛右侧的九曲栈道，越往下走，大佛看起来越微带笑意。

3 考察灌溉工程东风堰

东风堰是世界灌溉工程遗产，通过无坝引水技术，实现自流灌溉，成为我国西南地区沿江灌溉农业的缩影。

> 问问爸爸妈妈，什么是工业革命。

4 到嘉阳坐小火车

嘉阳小火车是目前国内唯一还在运行的客运蒸汽小火车，有"工业革命的活化石"的美誉。

5 品尝乐山美食

"食在四川，味在嘉州。"白斩鸡、甜皮鸭、糖醋脆皮鱼等吃不完的美食定会让你流连忘返。

糖醋脆皮鱼

白斩鸡

甜皮鸭

◆ 拓展阅读 ◆

凌云九顶

宋·范成大

聊为东坡载酒游，万龛迎我到峰头。
江摇九顶风雷过，云抹三峨日夜浮。
古佛临流都坐断，行人识路亦归休。
酣酣午枕眠方丈，一笑闲身始自由。

诗词美文

剑门关位于四川省广元市。千里蜀道,钟灵毓秀。历史上涉及剑门关的诗词不计其数。曾经,大诗人杜甫听闻剑门关外传来收复失地的消息,喜不自禁。让我们一起去了解一下吧!

闻官军收河南河北

唐·杜甫

剑外忽传收蓟北,初闻涕泪满衣裳。

却看妻子愁何在,漫卷诗书喜欲狂。

白日放歌须纵酒,青春作伴好还乡。

即从巴峡穿巫峡,便下襄阳向洛阳。

【注释】

1. 涕(tì):眼泪。
2. 却看:回头看。
3. 妻子:妻子和孩子。
4. 漫卷(juǎn):胡乱卷起。

一纸消息忽然从那远在蜀道的剑门关外传来，原来是唐朝的军队已经收复了蓟北一带！正在读书的我，听到这个消息后分外欢喜。眼泪像泉水一样，从眼眶中涌了出来，不多时，把衣衫也沾湿了。

　　我将拿在手里的诗书胡乱地卷了卷，马上回头起身，将这令人兴奋的消息告诉了妻子和孩子们。众人愁绪不再，喜出望外，拥抱在一起，因为大家心里都明白：我们可以回家乡啦！

　　我们再也按捺不住心中的喜悦，一刻也不能多等，计划着返乡的路程。我规划着、想象着、憧憬着这样一幅美妙的画面：返乡的路上，一路春光明媚、风景秀丽。

　　众人高声唱着歌谣，纵情喝着美酒。仰头看天，碧蓝如洗，天空嵌着丝丝如絮的白云。江的四周种满了柳树，细长的柳条密密地垂着……在这春天美景的陪伴下，我们从巴峡穿过了巫峡，过了襄阳又迫不及待直奔洛阳而去呢！

研学攻略

研学目标： 感受广元丰富多样的历史和文化，体会艰苦奋斗的红军精神。

剑门关　皇泽寺　千佛崖　红军文化园

> 剑门关里蕴含着丰富的三国文化，你能找出几处？

1 入剑门关

到古栈道遗址参观，读石壁上李白的诗，感受古人开山修建道路的辛苦不易和栈道之险，真真切切感受到"蜀道难"。

> 皇泽寺有丰富的纪念活动，去看看有哪些呢？

2 到皇泽寺观女皇"真容"

参观皇泽寺，到则天殿看一看女皇帝武则天的"真容造像"，想一想为什么武则天能够成为皇帝，去皇泽寺碑刻中找寻历史的踪迹……

3 千佛崖上观佛像

雄伟的千佛崖上，密如蜂巢的石窟和佛像会让你眼花缭乱，不同造型的佛像栩栩如生。

4 体验红军精神

红军不怕困难、勇于开拓的精神值得我们发扬和铭记，来红军文化园亲身体验一下当年的艰苦和不易吧！

对着地图，画一画红军长征的路线吧！

5 享受广元美食

广元是四川有名的特色小吃地，蒸凉面、剑门关豆腐、剑门火腿、贡茶等各色美食，让你尽饱口福。

贡茶

剑门关豆腐

剑门火腿

蒸凉面

◆ 拓展阅读 ◆

剑门道中遇微雨

宋·陆游

衣上征尘杂酒痕，远游无处不消魂。
此身合是诗人未？细雨骑驴入剑门。

诗词美文

瞿塘峡西起奉节县白帝山,东迄巫山县大溪镇,长八公里。诗仙李白当初被贬,行至白帝城,忽又遇赦,惊喜交加。他从白帝山东下江陵是种怎样的光景呢?

早发白帝城

唐·李白

朝辞白帝彩云间,千里江陵一日还。

两岸猿声啼不住,轻舟已过万重山。

【注释】

1. 朝(zhāo):早晨。辞(cí):告别。
2. 啼:鸣、叫。住:停息。
3. 万重山:层层叠叠的山。

阴晦的天穹笼罩着大地，被清晨第一缕初光破开了云层。太阳逐渐升起撑散了厚重的云层，白日里天气越发晴朗，天空光明一片。群山环绕着地势高耸入云霄的白帝城。朝霞染红了挺立的山头，那金色的阳光从天上铺洒在群山之上，又顺着山脊流入了大江里。

船随着江河一路漂流而下，犹如脱弦之箭。由于顺风顺水，速度说是一日千里也不为过。回首望去，层峦叠嶂的山峰似乎害羞了，躲在云层的后面，笑看着这大江大河之上的清风、绿水、轻舟和行人。

这时，一声猿猴的欢啼突然插入群山之中，两岸其他的猿猴也跟着啼叫起来。山影和啼声在山壁、树林来回震荡着、交错着、呼应着，似乎在给轻舟送行呢。

这猿猴的叫声没有终止，它催促着、推动着轻舟驶过了连绵不绝的万重山恋！

研学攻略

研学目标：感受重庆城市建筑的神奇和壮观，体会不屈不挠的抗战精神。

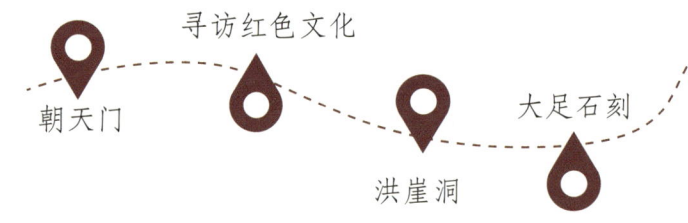

朝天门 — 寻访红色文化 — 洪崖洞 — 大足石刻

❶ 走进重庆朝天门

去看一看朝天门，在人山人海中放眼远望，感受两江合抱的壮观，这里就是重庆的"大门"啦！

你知道哪些发生在重庆的抗战故事？

嘉陵江和长江交汇处有一道明显的分界线，这是为什么呢？

❷ 寻访红色文化

瞻仰人民解放纪念碑，参观聂荣臻元帅陈列馆，走近沙坪坝看看抗战遗址，追忆中华民族抗战的光辉历程，体会先人不屈的精神。

③ 洪崖洞边观夜景

晚上到千厮门大桥附近观赏洪崖洞夜景,最能直观地感受重庆的立体和神奇。

> 大足石刻不止有一个地方哦,拿出地图,找找它们都分布在哪里。

④ 来大足石刻赏佛

前往大足石刻欣赏石窟艺术,卧佛、坐佛等姿态各异的佛像,穿越千年,依旧光彩熠熠。

⑤ 舌尖上的山城

麻辣的火锅是重庆的名片,到了重庆,就必须尝一尝火锅,吃一吃小面,从舌尖上感受重庆的热情。

重庆火锅

重庆小面

辣子鸡

毛血旺

◆ 拓展阅读 ◆

竹枝词四首(其一)

唐·白居易

瞿塘峡口水烟低,白帝城头月向西。
唱到竹枝声咽处,寒猿暗鸟一时啼。

诗词美文

宜昌既有壮丽的三峡风光，又是古代四大美女之一王昭君和伟大的爱国诗人屈原的故乡。诗人李白游经此地，看到雄浑壮阔的景象，写出了《渡荆门送别》一诗。

渡荆门送别

唐·李白

渡远荆门外，来从楚国游。
山随平野尽，江入大荒流。
月下飞天镜，云生结海楼。
仍怜故乡水，万里送行舟。

【注释】
1. 荆门：山名，位于今宜都市。
2. 大荒（huāng）：广阔无际的田野。
3. 仍：依然。万里：比喻行程远。

我乘着小舟沿途欣赏风景，来到遥远的荆门山。船儿驶入了一片平原旷野，视野突然开阔起来，看来这里便是战国时期的楚国所在之地了。

　　崇山峻岭逐渐离我而去，一望无际的平坦原野映入了我的眼帘。江水奔腾直泻，仿佛流入了辽远的原野之中。远处，阴云下沉，天空寂寥。天空和江水，平野和高山，上下前后，融合在一起，形成一幅青碧的中国古典水墨画。

　　太阳西沉，清亮干净的月亮升起，倒映在水中。我俯视着江中的那团明月，仿佛天上飞来了一面明镜。江水宁静，天空中的云层却跃跃欲试，变幻着形态，结成了海市蜃楼般的奇景。

　　故乡用这条大江送我一路远行，我们彼此的不舍和思念，正是一模一样的啊！

研学攻略

研学目标： 体验宜昌的多面文化，感悟水利工程的壮观。

> 去寻找截流纪念园拍照留念吧！

❶ 参观三峡大坝

参观水电站，看船闸泄洪，乘船游长江三峡。三峡大坝驯服了奔涌的长江水，积蓄在心中的古老诗篇已无法描摹如今的西陵风光。看看"两江立石壁，高峡出平湖"的盛景吧！

> 你知道昭君出塞的故事吗？

❷ 游览昭君故里

"群山万壑赴荆门，生长明妃尚有村。"杜甫诗中所写的地方就是这里。昭君故里有昭君宅、楠木井、梳妆台等供人凭吊。

3 去三峡人家风景区体验三峡文化

江上人家住渔船，山上人家住吊脚楼。三峡人家各有各的活法，却有共同的快乐。不信你听那支缠绵的山歌，引来多少动人的渔歌相和。

4 观宜昌大撤退遗迹

抗日战争爆发后，东部物资经宜昌转运入川。这场史无前例的物资大转移，保存了中国实业的命脉。

5 品土家族美食

土家族美食延续了宜昌菜一贯的酸辣风味。将黄豆磨细制菜，渣浆不分的"懒豆腐"合渣是土家族的代表菜之一。

白汤肥鱼

凉虾

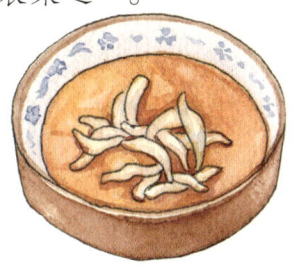

◆ 拓展阅读 ◆

咏怀古迹五首（其三）

唐·杜甫

群山万壑赴荆门，生长明妃尚有村。
一去紫台连朔漠，独留青冢向黄昏。
画图省识春风面，环珮空归夜月魂。
千载琵琶作胡语，分明怨恨曲中论。

诗词美文

黄鹤楼是中国著名的名胜古迹，位于湖北省武汉市。李白在此辞别了老朋友孟浩然，虽然是别离，但怀想着扬州美景，李白的向往之心也随着江水浩荡而去了。

黄鹤楼送孟浩然之广陵

唐·李白

故人西辞黄鹤楼，烟花三月下扬州。

孤帆远影碧空尽，唯见长江天际流。

【注释】

1. 辞（cí）：辞别。
2. 烟花：比喻艳丽的春景。
3. 唯见：只看见。天际流：流向天边。

古人曾在黄鹤楼驾鹤登仙，如今的友人在黄鹤楼挥手告别。说声再见，说声珍重。看着阳春三月，江南草长莺飞，杂花生树。离别的愁绪却不知道安放何处！

　　他要去的扬州，三月会出现一幅怎样的画面？长江两岸，柳如烟，花似锦，一幅春天的画卷悠然展开，好一派春光！在这秀丽的春光中远游，也许会有一番别样的体验呢！

　　天空也似乎被这明丽的春光感染，变得一碧如洗。在天空下，孤单的小船漂在水天相接的地方，帆影逐渐消失在碧空的尽头。

　　无尽的长江滚滚向前，极目远眺，小船远影与浩荡长江最终化为了一线，仅余下邈远的天际罢了！

研学攻略

研学目标： 观赏武汉不同历史时期的地标建筑，感受多元文化融合之美。

黄鹤楼 → 辛亥革命武昌起义纪念馆 → 东湖 → 户部巷

> 在本套书里找一找江南三大名楼。

1 登黄鹤楼

黄鹤楼始建于三国时期，唐朝时成为"游必于是""宴必于是"的观赏楼。李白多次游览黄鹤楼，每一回都能写下不同的诗篇呢！

> 你知道辛亥革命在历史上的意义吗？

2 参观辛亥革命武昌起义纪念馆

1911年的一声枪响，划破武昌寂静的长夜。百年之后，站在小红楼前，你还能感觉到那一夜年轻士兵们激烈的心跳吗？

3 游览东湖

环游东湖，参观珞珈山，登临磨山。长达101.98千米的东湖绿道，还为野生动物预留了13条专用通道，是人与自然和谐相处的典范。

4 看汉剧

汉剧俗称"二黄"，其唱腔高亢激昂，令人振奋。伴奏也有自己独特的风格和豪迈洒脱的气韵。

你知道汉剧有哪些经典曲目吗？

5 到户部巷"过早"

"过早"文化是武汉的名片，户部巷的早点备受本地人青睐。但端着热干面边走边吃，才是"过早"的灵魂。

三鲜豆皮

热干面

洪山菜薹

武昌鱼

◆ 拓展阅读 ◆

与史郎中钦听黄鹤楼上吹笛

唐·李白

一为迁客去长沙，西望长安不见家。
黄鹤楼中吹玉笛，江城五月落梅花。

诗词美文

襄阳古城是中国历史文化名城,也是楚文化、汉文化和三国文化的主要发源地。襄阳是孟浩然的故乡,也是孟浩然出仕后归隐的地方。山水田园滋养了孟浩然,也让他写出了许多脍炙人口的诗篇。

过故人庄

唐·孟浩然

故人具鸡黍,邀我至田家。
绿树村边合,青山郭外斜。
开轩面场圃,把酒话桑麻。
待到重阳日,还来就菊花。

【注释】
1. 过:拜访。
2. 具:置办。鸡黍(shǔ):农家待客的饭食。
3. 轩:窗户。场圃(pǔ):打谷场和菜园。
4. 话桑麻:闲谈农事。

老朋友已经预备好了丰盛可口的饭菜，邀请我到他的农家做客。

　　走进村里，空气清爽，脚步也不自觉地轻快了许多。翠绿的树林围绕着村落，土地上处处有绿色的大树相邻。抬头望去，绿树之后的更远之处视野开阔，只见几座苍青的山峦横卧在旷野里，依依相伴。

　　推开村舍的窗户，面对的是一片打谷场和菜园。我们坐在这绿荫环抱之中，相互举着酒杯，享受这宁静安详的晚饭时光。老朋友欢笑着，谈到庄稼的成长、节令的更迭和今年的收成，满脸洋溢着幸福的笑容。

　　不知不觉，已是夕阳西下，到了告辞的时候。我们约定，等到九九重阳节，再相聚于此，欣赏那灿烂美丽的菊花。

研学攻略

研学目标： 畅游襄阳，了解古代军事文化，感悟爱国主义传统。

登上古城墙逛一逛、数一数，城墙上有多少个垛堞？

1 登襄阳古城

漫步襄阳街头，你想到的或许是足智多谋的三国谋臣诸葛亮，或许是才华横溢的浪漫诗人孟浩然，或许还有金庸笔下的大侠在城墙上的身影。

出发前读一读《三国演义》里襄阳的故事。

2 游览三国文化故地（古隆中）

熟读《三国演义》的人会知道，襄阳是名副其实的三国文化发祥地。短短120回故事里，32回有襄阳。带上一本《三国演义》，在古隆中追寻古迹吧！

❸ 昭明台上揽胜

被誉为"城中第一胜迹"的昭明台，历时一千多年，屡毁屡建，现如今巍巍壮观地雄踞城中。

中国现存最早的汉族诗文总集是哪一部？跟昭明台有什么关系？

❹ 游汉城影视基地

这里是一个全民化、多语种、多播放形式的公共影视服务台，更是我国许多著名影视作品的取景地。这里全景再现了东汉中兴的风采。

❺ 品尝襄阳特色美食

襄阳美食讲究鲜辣，牛油面体现了它的精髓。吃一口牛油面，喝一口襄阳黄酒，感受襄阳人的快意人生。

襄阳缠蹄

牛油面

孔明菜

三镶盘

◆ 拓展阅读 ◆

汉江临眺

唐·王维

楚塞三湘接，荆门九派通。
江流天地外，山色有无中。
郡邑浮前浦，波澜动远空。
襄阳好风日，留醉与山翁。

诗词美文

荆州古城,又名江陵城,是中国历史文化名城。古时这一带的民歌极其丰富,诗人李白学习民歌,写出《荆州歌》一诗。

荆州歌

唐·李白

白帝城边足风波,瞿塘五月谁敢过。
荆州麦熟茧成蛾,缲丝忆君头绪多。
拨谷飞鸣奈妾何。

【注释】
1. 足:满是,都是。
2. 瞿(qú)塘:即瞿塘峡,长江三峡之一。
3. 茧(jiǎn):指蚕茧。缲(sāo)丝:即缫丝。

仲夏的五月，天气晴朗，阳光灿烂。远在蜀地的白帝城却白云缭绕。瞿塘峡水流湍急，两旁礁石林立。五月水涨船高，江面上满是狂风掀起的惊涛骇浪。既有险滩和激流，又有狂风大作，这时候的瞿塘峡，有谁敢行船而过呢？

不似白帝城和瞿塘峡的危险，五月的荆州，正是黄金般的麦子成熟的时节。那麦子的金色仿佛是浪花一样，一波一波摇曳着，一下一下拍打在土地上，翻滚出丰收的喜悦。此时蚕茧已经生出了蛾子，蚕事成功，现在家家户户都在煮茧缫丝了。

这既是思念的五月，也是凶险的五月，我的心情就像这蚕丝一样，绵绵不断又纷乱无章。

突然，布谷鸟儿在头顶盘旋，叽叽喳喳叫嚷着，更加引起了我对你的思念，叫我如何是好？

研学攻略

研学目标： 了解楚人"筚路蓝缕，以启山林"的建国故事，培养艰苦奋斗的优良思想。

1 登荆州古城

人们常说的"大意失荆州"的故事就发生在这里。荆州古城作为楚国一项大型军事防御工程，在建筑美学和军事防御上都堪称典范。《下里巴人》也是楚国流行一时的歌曲呢！

"下里巴人"已经成了成语，你知道它的意思和反义词吗？

你知道哪些与凤鸟有关的神话？

2 参观荆州博物馆

浪漫空灵的凤鸟是楚文化的象征。来到荆州博物馆，凤鸟们身姿灵动，栩栩如生，它们会引你走入奇幻瑰丽的楚人世界……

杜甫

3 寻访纪南城

想领会楚国当年的强盛，不妨寻访纪南城，那可与秦始皇陵兵马俑相媲美的大型车马坑，定会带你回到楚国"不鸣则已，一鸣惊人"的传奇时光。

了解一下"顾此失彼"这个典故的由来吧。

4 游洪湖

"洪湖水，浪打浪。"洪湖不仅水产极为丰富，还留下了丰厚的红色旅游资源。洪湖赤卫队的故事，你听说过吗？

八宝饭

5 尝荆州鱼糕

想要吃鱼不吐刺，就来吃荆州鱼糕吧！味道鲜美的鱼糕，连乾隆皇帝也赞不绝口呢！

千张扣肉

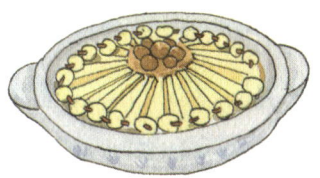

鱼糕

冬瓜鳖裙羹

◆ 拓展阅读 ◆

荆州十首（其一）

宋·苏轼

游人出三峡，楚地尽平川。
北客随南贾，吴樯间蜀船。
江侵平野断，风卷白沙旋。
欲问兴亡意，重城自古坚。

诗词美文

岳麓山属南岳衡山山脉，每逢深秋时节，山腰中的爱晚亭便成为观赏红叶的绝佳之处。诗人杜牧曾在此一游，作《山行》一诗。

山行

唐·杜牧

远上寒山石径斜，白云生处有人家。

停车坐爱枫林晚，霜叶红于二月花。

【注释】

1. 石径（jìng）：石子小路。斜：倾斜。
2. 生：产生，生出。
3. 坐：因为。红于：比……更红。

秋已深，天渐暗，我乘着马车，沿着山道，缓缓驶入这座山。只见一条弯弯曲曲的小路蜿蜒伸向山头。顺路看去，在那白云飘浮的地方，有几处用石头砌成的房屋。他们的屋顶此时正有白色的云烟缭绕，这究竟是晚饭的炊烟，还是飘忽不定的云层呢？

马车继续向前，突然前方一大片红叶遮挡了我的视线。这红红火火的热情满溢出来，我顾不得天色渐晚，执意下车观赏。仔细看去，天空中绚丽的晚霞正一点点隐退，延绵不绝的枫林，将周围的事物都映上了火红的颜色。漫山遍野都是云锦闪耀，仿佛枫叶已将秋天染成了一首红色的诗。

置身于一片火红当中，我眼前所见，枫叶竟比江南二月的春花还要火红，还要鲜艳夺目呢！

研学攻略

研学目标： 欣赏人类文化瑰宝，感受长沙独有的人文气息。

湖南省博物馆 — 岳麓山 — 橘子洲 — 世界之窗

你看过《国家宝藏》吗？去博物馆看看有哪些展品吧！

1 参观湖南省博物馆

参观湖南省博物馆，欣赏闻名中外的历史文物瑰宝，在不同时代的文物身边聆听属于它们的故事。

T型帛画　　人面纹方鼎

2 登岳麓山

登上岳麓山，眺望长沙城市全景，体验登高望远的舒畅情怀。走进岳麓书院，看一看古代人学习读书的地方，仿佛能听到琅琅书声。

58

3 临眺橘子洲

到橘子洲头看一看毛泽东雕像，感受当年主席"问天"的情怀，再去看看百米喷泉，赏赏烟火秀吧！

读一读《沁园春·长沙》这首词。

4 游览世界之窗

这边像中国，那边看起来又像欧洲，还有几个外国人穿着京剧的戏服在表演呢！各大主题活动，各种游乐设施，会让你流连忘返哦！

5 品赏长沙特产

在长沙，口味虾、长沙臭豆腐、糖油粑粑等美食数不胜数，还有菊花石雕等文化瑰宝。寻一方文化，品一口湘菜，感受三湘大地的独特风味。

菊花石雕

长沙臭豆腐　长沙口味虾

◆ 拓展阅读 ◆

江南逢李龟年

唐·杜甫

岐王宅里寻常见，崔九堂前几度闻。
正是江南好风景，落花时节又逢君。

诗词美文

洞庭湖,古称云梦泽,位于长江中游荆江南岸。古往今来,众多诗人吟咏了洞庭湖的壮丽景象。孟浩然借洞庭湖一诗投赠张九龄,希望得到引荐和赏识,他会成功吗?

望洞庭湖赠张丞相

唐·孟浩然

八月湖水平,涵虚混太清。
气蒸云梦泽,波撼岳阳城。
欲济无舟楫,端居耻圣明。
坐观垂钓者,徒有羡鱼情。

【注释】
1. 涵(hán)虚:天空倒映在水中。
2. 济:渡河。舟楫(jí):船。
3. 端居:闲居。

八月，洞庭湖的湖水盛涨，逐渐溢出了出来，与河堤两岸持平。这广阔无垠的湖水，波澜壮阔，声势浩大，一路延向远方，在水天相接处，连成了一片湛蓝。

氤氲的水汽逐渐蒸腾着、翻越着、滚动着，弥漫开来，笼罩在壮阔的云梦泽一带。湖水充满了活力，不但滋养着两岸茂盛葱郁的花草树木，也撞击着、拍打着、震撼着岳阳城。

面对着浩瀚的湖水，我想要渡湖，奈何找不到合适的船只。就像想要找出路却没有人接引一样。在这样一个太平盛世，人人都在追求建功立业，而我也不愿意默默无闻，总想做出一番宏图伟业。

张丞相在如同洞庭湖般辽阔的天下里，寻找为国家效力的人才。可惜我没能为国出力，只能仰慕。就如同我坐看垂钓之人是多么悠闲自在，满载而归，却只能空怀一片艳羡之情罢了。

研学攻略

研学目标： 感受大江大湖的自然之美，感受人文和自然完美的融合。

岳阳楼　张谷英村　君山岛　屈子祠

> 拿出地图看看洞庭湖是由哪些河流汇聚而成的。

❶ 登岳阳楼

登上岳阳楼，眺望洞庭湖，体会"洞庭天下水，岳阳天下楼"的磅礴气势，再读一读《岳阳楼记》，感受一下范仲淹笔下的岳阳楼之美。

> "二妃"是谁的妻子？

❷ 君山岛上谒二妃

乘船渡过洞庭湖，前往君山岛，聆听飞来钟声。到二妃墓感受几千年前的爱情故事，还可以看看君山斑竹等奇特的植物，再远眺一下遥遥相对的岳阳楼。

3 探访张谷英村

张谷英村被人称为"民间故宫"和"天下第一村",古风雅韵在这里得到完美体现,耕读传家在这里得到充分展示。

你还在本书哪个城市看到过另一个屈原祠?

4 参观屈子祠

参观汨罗屈子祠,一幅幅浮雕将屈原的故事娓娓道来,他的爱国情怀仿佛被刻进了浮雕里,千古流传!

5 品味岳阳美食特产

岳阳依托洞庭湖,物产丰富。品君山银针茶,尝洞庭银鱼,还有岳阳三蒸、河西粉蒸鸡、黄鳝面等丰富的美食等你来解锁。

君山银针茶

岳州扇

湘莲

洞庭银鱼

兰花萝卜

◆ 拓展阅读 ◆

登岳阳楼

唐·杜甫

昔闻洞庭水,今上岳阳楼。
吴楚东南坼,乾坤日夜浮。
亲朋无一字,老病有孤舟。
戎马关山北,凭轩涕泗流。

诗词美文

惠州位于岭南一带,苏轼被贬到惠州却泰然处之。他爱荔枝,也爱南方的山山水水。作诗《惠州一绝》表达了其乐观旷达、随遇而安的精神风貌。

惠州一绝

宋 · 苏轼

罗浮山下四时春,卢橘杨梅次第新。

日啖荔枝三百颗,不辞长作岭南人。

【注释】

1. 罗浮山:岭南的名山。
2. 卢橘(jú):一种橘,诗中指枇杷。
3. 啖(dàn):吃。

一眼望不尽的罗浮山哪，葱葱郁郁呈现在眼前。山峰起起伏伏，有些像骆驼的驼峰矗立着，有些像站立的酒瓶冒着尖儿，有些像大象的背脊平坦宽厚。这里峰峦叠嶂、风景秀丽，一年四季都如春天一般温暖。

在山脚下，荔枝树、枇杷树茂盛生长着，它们吸收了大山的气息、土地的精华和白云带来的雨露，产出的果儿自然格外诱人。酸甜的金黄枇杷，甜润的红艳荔枝，一茬接一茬地蹦出枝头，盛满餐桌。

生活在满是可口荔枝的岭南，如果能够每天都吃到新鲜又美味的水果，何妨长久地做一个岭南人呢？

研学攻略

研学目标： 体验惠州的"四东文化"，领悟"崇文厚德，包容四海，敬业乐群"的惠州精神。

惠州西湖 — 罗浮山 — 平海古城 — 东江纵队纪念馆

> 找一找，这套书里还有哪些西湖。

1 游惠州西湖

惠州西湖有"五湖六桥十八景"，湖景犹如淡扫蛾眉的美人，面朝圆圆的铜镜梳妆。再仔细一看，呀，不是铜镜，是天上的月亮……

> 找出隐藏的苏东坡遗迹吧！

2 登罗浮山

云雾缭绕的罗浮山宛若神仙洞府。古人传说，罗浮山是海上漂来的仙山，但现代科学表明，罗浮山是地壳运动形成的穹隆。

③ 游览平海古城

海军给平海古城带来城池和炮台，也带来北方方言。如今北方方语言与广东方言融合形成的平海军声见证了平海人的生活。

④ 参观东江纵队纪念馆

东江纵队，一支孤悬在敌后的利剑。纵队吸纳了众多港澳同胞和归国华侨，在缺乏支援的华南坚持至抗战结束。困难时期，东江纵队只能靠一台收音机收听外界消息。

⑤ 品尝东江客家菜

客家菜起源中原，兼容岭南风味，讲究"原汁原味，可口可心"。客家酿豆腐就是北方饺子的变种。

肉丸

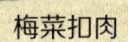

梅菜扣肉

盐焗鸡

客家酿豆腐

◆ 拓展阅读 ◆

惠州丰湖亦名西湖二首（其二）

宋·杨万里

三处西湖一色秋，钱塘颍水更罗浮。
东坡元是西湖长，不到罗浮便得休。

诗词美文

桂林以"山清、水秀、洞奇、石美"著称。诗人韩愈得知友人严谟将赴桂林就任,作诗《送桂州严大夫同用南字》,流露出了艳羡之意。

送桂州严大夫同用南字

唐·韩愈

苍苍森八桂,兹地在湘南。
江作青罗带,山如碧玉篸。
户多输翠羽,家自种黄甘。
远胜登仙去,飞鸾不假骖。

【注释】
1. 兹(zī):此,这。
2. 篸(zān):妇女插髻的首饰。
3. 不假骖(cān):不需要坐骑。

湖南以南,有一片繁荣茂盛、苍苍郁郁的神仙之境——那便是山水闻名的桂林。

　　洁净清澈的漓江之水绕着一座座千奇百怪、层峦叠翠的山峰流淌着、奔腾着、跳跃着。桂林的江河蜿蜒曲折,清澈见底,就像青罗带一样;桂林的山峰拔地而起,峻峭玲珑,有如碧玉之簪呢!

　　桂林除了有秀美的风景,还有迷人的风俗人情。漓江边的船家人,都养着许多美丽的翠鸟,这些鸟儿除了用来捕食江里的鱼类,还是进贡朝廷的好物;他们家家户户都种有酸甜适宜、颗粒饱满的黄皮果儿。

　　听说住在桂林,就像住进了神仙的洞府一般。桂林不仅山清水秀,洞奇石美,还空气清新、气候宜人。这样看来,简直是逍遥自在,美不胜收啊!如果能去那儿赴任,可不用再去羡慕别人求仙学道、升官发财了!

研学攻略

研学目标： 体味桂林的山水之美，了解桂林自然风貌的成因。

1 到漓江上泛舟

漓江的美，用语言说不清，要用心去感受。由桂林至阳朔84千米长的漓江，像一条青绸绿带，盘绕在万点峰峦间，犹如一幅百里画卷。

你知道象鼻山是怎么形成的吗？

2 登象鼻山

登象鼻山，远望桂林城，赏清水石。

这头大象怎么还没喝饱水呀？划着船悄悄靠近。它有着长长的鼻子，粗粗的腿，小山似的身体，还背了一座精致的小亭子！

3 参观灵渠

秦朝，珠江流域进入旱季后，船队无法通行。主持修建灵渠的史禄苦思冥想，创造出世界上最早的船闸，成功解决船队通行的难题。

4 游览靖江王城

位于桂林中心的靖江王城是南京故宫的缩影。最初的宫廷舞蹈傩舞每日在此上演，祝福桂林人平安顺遂。

5 尝桂林壮族特色美食

生长在稻米区的壮族人素有"无米不成席"的说法。壮族人喜欢吃的五彩花糯米饭，红红绿绿，好看又好吃。

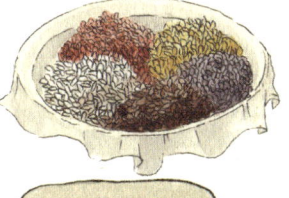

◆ 拓展阅读 ◆

由桂林溯漓江至兴安

清·袁枚

江到兴安水最清，青山簇簇水中生。
分明看见青山顶，船在青山顶上行。

诗词美文

柳州地处广西境内,在唐代属于荒远地区。柳宗元被贬柳州期间感到世途险恶、人生艰难。他在柳州登高楼,面对异乡风物,一时间百感交集。

登柳州城楼寄漳、汀、封、连四州

唐·柳宗元

城上高楼接大荒,海天愁思正茫茫。
惊风乱飐芙蓉水,密雨斜侵薜荔墙。
岭树重遮千里目,江流曲似九回肠。
共来百越文身地,犹自音书滞一乡。

【注释】
1. 大荒:荒僻的边远地区。
2. 薜荔(bì lì):一种蔓生植物。
3. 犹自:仍然是。音书:音信。

站在柳州的高楼上向远望去，是否能看到朋友的居所呢？然而眼前却只有辽阔又荒凉的土地啊。沿着视线一路远去，土地与无际的荒原在天边相接。哎，我这像海天般茫茫的愁苦哀怨，只能充盈在这片大荒之中了。

　　突然狂风大作，洁净美丽的荷花被这大风吹得东倒西歪了。风一阵阵越刮越猛烈，顿时暴雨随之而来，哗啦啦倾盆而下，无情地击打着墙上的木莲。

　　层层叠叠的远山在水雾中连绵起伏，遮住了远眺的视线。清澈的柳江映入眼帘，它千回百转，就像现在的我一样啊，有着同样遭遇的朋友们现在怎样了呢？

　　只是这崇山密林遮住了我的目光！在这僻静的蛮荒之地，既看不到他们，互通音信又困难重重，郁闷、难受，真是一言难尽哪！

研学攻略

研学目标： 体验柳州的壮族民俗风情，了解柳州传统文化。

立鱼峰 — 柳侯祠 — 白莲洞洞穴科学博物馆 — 三江风雨桥

❶ 登立鱼峰

你知道刘三姐的故事吗？

登立鱼峰，看电影《刘三姐》，听壮族对歌。

立鱼峰是柳州古八景之一。远远望去，小山就像一条站在陆地上的鱼。传说壮族歌仙刘三姐就是在这里骑着鱼飞上了天。

❷ 访柳侯祠

罗池访月，诗词研学，拜访柳侯祠。

柳宗元曾在此担任刺史，后世为纪念他修建了柳侯祠。每逢中秋，明月高悬，老柳州人吟诵诗歌，真是风雅啊！

3 参观白莲洞洞穴科学博物馆

白莲洞得名于洞穴内一块形似莲花的钟乳石,可溶性岩石和流水共同造就了钟乳石奇观,这就是喀斯特地貌的神奇之处。

> 壮族对歌有哪些用途?

4 三江风雨桥上对歌

三江风雨桥上有飞檐斗拱,是具有侗族装饰风格的长廊式桥梁。侗族青年男女会在桥上对歌。

5 尝柳州特产美食

柳州物产丰富,美食众多,尤以"螺蛳粉"最为出名,外地游客来到柳州必定要品尝最地道的螺蛳粉才算不虚此行。

香鸭

柳江莲藕

螺蛳粉

融安金桔

◆ 拓展阅读 ◆

登柳州峨山

唐·柳宗元

荒山秋日午,独上意悠悠。
如何望乡处,西北是融州。

诗词美文

著名的世界自然遗产九寨沟、黄龙等均位于四川省岷山腹地。在唐代安史之乱后,将领严武在此行兵打仗,多次与吐蕃交战,写出《军城早秋》一诗。

军城早秋

唐·严武

昨夜秋风入汉关,朔云边月满西山。

更催飞将追骄虏,莫遣沙场匹马还。

【注释】

1. 朔(shuò)云边月:边境上的云和月。
2. 更催(cuī):再次催促。骄虏(lǔ):吐蕃军队。
3. 莫遣(qiǎn):不要让。

夜已降临，天空中高悬的明月照耀着大军驻守的关塞。天气逐渐转凉了，昨夜萧瑟的秋风一阵一阵吹进军队驻守的关塞。黑色的穹顶犹如一口大锅，保护着这里的军队。

夜已过半，极目四望，月色不似初升时的耀眼，慢慢清冷了下来。天边云层滚动，带着些许肃杀之气笼罩在西山上空。清冷的月光和寒气逼人的云层压迫下来，空气中透出了几分紧张。

夜已过去，太阳从地平线上缓缓升起。新的一天开始了，我军大战在即，战备部署早已安排妥当。战场上，勇猛的将士被一再命令去主动追击敌人，不能让敌人的一兵一马一草一粮从战场上逃脱，只有这样，才能保证战斗的胜利！

研学攻略

研学目标： 欣赏大自然的壮美秀丽，感受独特的藏族、羌族文化。

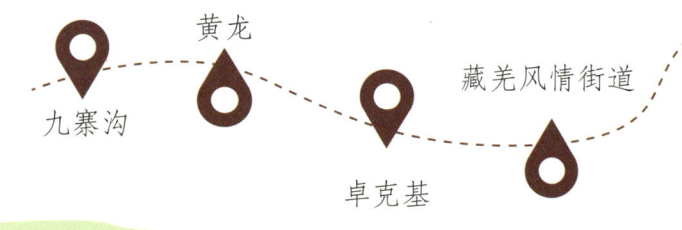

九寨沟 — 黄龙 — 卓克基土司官寨 — 藏羌风情街道

 前往九寨沟

前往九寨沟，欣赏不同颜色的海子，在瀑布下驻足休息，看看颜色和层次丰富的珍贵树木花草，也许还能遇到稀有的金丝猴呢！

> 高原人口中的"海子"是湖泊，那"坝子"是什么呢？

> 钙华池是怎么形成的呢？

2 游览黄龙

游览黄龙风景区，近距离看一看黄龙沟里像阶梯一样的缤纷的钙华池，说一说它和九寨沟有哪些不一样呢？

③ 观赏卓克基土司官寨

卓克基土司官寨高大的楼体和闭合的四合院式建筑，都是土司权力至高无上的象征。建筑的外墙上镶嵌有石刻的天神或地神，内墙绘有各式壁画。

④ 寻访民俗文化

在充满藏羌风情的街道里寻找独特的美术、建筑文化，还有羌族刺绣、藏族编织等特色工艺等你发现。

藏族编织

羌族刺绣

麦洼牦牛

⑤ 尝阿坝特产

阿坝地处青藏高原边缘，高原特产丰富，有小金苹果、金川雪梨、麦洼牦牛、松潘贝母等。

松潘贝母

小金苹果

金川雪梨

◆ 拓展阅读 ◆

西山三首（其二）

唐·杜甫

辛苦三城戍，长防万里秋。
烟尘侵火井，雨雪闭松州。
风动将军幕，天寒使者裘。
漫山贼营垒，回首得无忧。

诗词美文

昆明四季如春,风光秀美。杨慎戍守云南三十多年,对昆明的风光也赞叹不已。他写云南风光,用吟咏滇城山水来寄寓自己的理想、人格。

春望三首(其二)

明·杨慎

滇海风多不起沙,汀洲新绿遍天涯。

采芳亦有江南意,十里春波远泛花。

【注释】

1. 滇(diān)海:即云南省昆明市的滇池。
2. 汀(tīng)洲:水中小洲。
3. 江南:长江以南,这里指气候宜人的地区。
4. 春波:春水。

风儿轻起，吹拂过滇池，这一池湖水犹如碧海一般澄净、安稳。风沙掀不起它的波浪，湖面没有一丝涟漪。

　　春天苏醒了，它睁开眼睛，用春风抚摸着大地。它吹来了绿色，染绿了水中的小洲，又将湖边的树木、湖周围的青峰、湖上飞翔的鸟儿，都一一染成了绿色呢。它们有些是翠绿、有些是青绿、有些是墨绿，层层叠叠好不热闹。

　　绿色有了，红色还会少么？红花配绿叶，树苗们长了新芽，开了新花。蜂儿蝶儿翩翩起舞，人们欢笑着、飞扬着来采摘这美丽的花朵。谁说西南就比江南差了呢？这四季如春的城市昆明，真是名副其实的"春城"啊。

　　春水波澜，一层层荡漾着、摇曳着、翻转着，顺着湖水流淌进春城的每一个角落，滋润了复苏的大地。

研学攻略

研学目标： 感受高原春城的宜人气候，欣赏少数民族文化的魅力。

> 读一读大观楼长联，你能理解对联的意思吗？

❶ 爬西山、游滇池

到滇池边走走，要是冬天的话，会有从遥远的西伯利亚飞来的红嘴鸥哦！再登上西山，感受五百里滇池的壮阔，西山龙门的险峻！

> 石林是怎样形成的？

❷ 赏石林

在奇石密布的石林，一座座石柱仿佛构成了一个宫殿，到处都是各种各样的石头变的"人"和"小动物"，还有阿诗玛静静地守候在那里。

3 游云南民族村

这里有着过泼水节的傣族，服饰绚丽的苗族，创造了东巴文化的纳西族……民族村汇聚了 25 个少数民族的独特文化风俗，欸，那边穿着黄衣服，头上还顶着大篮子的是什么民族呀？快去看看！

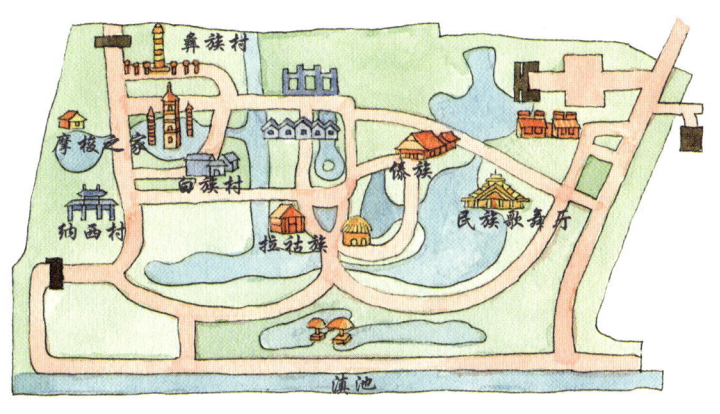

4 观世界园艺博览园

昆明四季如春，鲜花不败，世界园艺博览园里，来自世界各地的园艺作品各不相同，是体验春城之"春"的最好去处。

5 品昆明特产美食

昆明有独特的饮食文化，小金沱茶、汽锅鸡、过桥米线、傣味美食等都是一绝，野生菌更是山珍中的极品。

小金沱茶

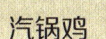

汽锅鸡

过桥米线

◆ 拓展阅读 ◆

滇海曲十二首（其十）

明·杨慎

蘋香波暖泛云津，渔枻樵歌曲水滨。
天气常如二三月，花枝不断四时春。

诗词美文

西藏与中原地区、与其他少数民族之间的文化交流和融合越来越频繁和深入。在清代作为驻藏大臣的和瑛十分喜爱西藏的风土人情,写出了许多与西藏有关的诗词。

嘉平月护送参赞海公统军赴藏四首(其一)

清·和瑛

万里乌斯藏,千层拉萨招。

班禅参妙喜,达赖脱尘嚣。

叩额诸番控,雕题百貊朝。

家家唐古特,别蚌属庭枭。

【注释】

1. 乌斯藏(zàng):指西藏。
2. 尘嚣(xiāo):世外的喧嚣。
3. 雕(diāo)题:在额上刺花纹。

马儿拉着车子，逐渐驶向那高耸入云而又神秘莫测的西藏。这趟旅程万里迢迢，必定充满了惊喜。西藏的天空湛蓝得耀眼夺目，纯净得毫无杂质。天穹之下，极目远眺，是层层叠叠，连绵不绝的高原群山。山顶有着终年不化的皑皑积雪。白色的雪山在远处与蓝色的天空连成了一线，融为了一体。

　　除了美景，那里还有诸多习俗、特殊的称呼和信仰。有阿弥陀佛的化身班禅，他们能够悟到传说中的妙喜佛国。还有藏传佛教高僧活佛达赖喇嘛，他们早已脱离了尘世的纷扰和喧嚣。

　　在这神秘又干净的地区，人的欲望退却，内心只剩下永恒的平静。

　　西藏几乎家家都是藏族人，他们做出叩额这样的姿势，也会在头上刺动物的花纹。那里还有青稞酒、有充满哲理的歌谣，有布达拉宫、有大昭寺，也有善良纯朴的藏族人民。

研学攻略

研学目标： 感受西藏壮美的自然风光，体验藏族人独特的习俗和文化。

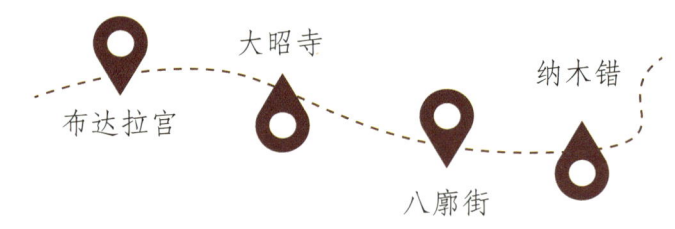

布达拉宫　大昭寺　纳木错　八廓街

1 朝圣布达拉宫

在佛教里，"布达拉"的意思是"光明海岛"。由红宫和白宫组成的布达拉宫不仅仅是汉藏友谊的历史见证，还是松赞干布和文成公主美丽爱情的象征。布达拉宫还有唐卡、藏传佛教法器、供器等珍贵的文物，是藏传佛教的圣地。

> 布达拉宫被印在哪种面值的人民币上呢？

> "转山"是什么意思？

2 朝谒大昭寺

大昭寺是和布达拉宫并列的藏传佛教朝拜者心中的圣地，门口的唐蕃会盟碑记载着自唐朝以来汉藏友好的历史，开启了汉藏民族间的和平时代。

来八廓街体验藏文化

藏族独特神奇的文化,到哪里去体验呢?当然是八廓街呀!街上的唐卡绘画、西藏面具、藏刀等,能让你大饱眼福!

观赏纳木错

纳木错意为"天湖",是西藏最大的湖泊之一,雪山环抱,经幡飞舞,水天一色,这里是西藏人民心中的圣湖。

你知道为什么有一些藏族人民不吃鱼吗?

唐卡

 拉萨特产和文化之旅

西藏有独具高原特色的美食和手工艺品,西藏面具、唐卡、酥油茶、糌粑和青稞酒等都带有浓厚的藏族特色。

酥油茶　　西藏面具

◆ **拓展阅读** ◆

西昭竹枝词

清·项应莲

牛皮作底酥油面,装点玲珑绘陆离。
下列朦胧灯几盏,鳌山元夜大昭围。

更多城市等你探索

◆ 澳门 ◆
娱乐之都

澳中杂咏
清·吴历

小西船到客先闻，就买胡椒闹夕曛。
十日纵横拥沙路，担夫黑白一群群。

◆ 贵阳 ◆
一山分四季，十里不同天

到贵州
宋·赵希迈

涉历长亭复短亭，兼旬方抵贵州城。
江从白鹭飞边转，云在青山缺处生。
家务每因官事废，诗篇多向客途成。
耕桑尽自无荣辱，却悔当年事短檠。

◆ 南宁 ◆
半城绿树半城楼

邕州
宋·陶弼

绝塞多秋色，孤城易夕阳。
此间饶宠辱，还我水云乡。

◆ 大理 ◆

风花雪月

苍洱临眺

元·李京

水绕青山山绕城，万家烟树一川明。
鸟从云母屏中过，鱼在鲛人镜里行。
翡翠罘罳笼海气，旃檀楼阁殷秋声。
虎头妙墨龙眠手，百帧生绡画不成。

◆ 香港 ◆

东方之珠

香港感怀十首（其九）

清·黄遵宪

指北黄龙饮，从西天马来。
飞轮齐鼓浪，祝炮日鸣雷。
中外通喉舌，纵横积货财。
登高遥望海，大地故恢恢。

◆ 广州 ◆

五羊衔谷，萃于楚庭

归雁

唐·杜甫

闻道今春雁，南归自广州。
见花辞涨海，避雪到罗浮。
是物关兵气，何时免客愁。
年年霜露隔，不过五湖秋。

图书在版编目（CIP）数据

跟着诗词去旅行.巴蜀繁华/白鳍豚文化著.——北京：中国致公出版社，2019（2024.7重印）
ISBN 978-7-5145-1399-8

Ⅰ.①跟… Ⅱ.①白… Ⅲ.①古典诗歌–诗歌欣赏–中国–少儿读物②地理–中国–少儿读物 Ⅳ.
①I207.2-49②K92-49

中国版本图书馆CIP数据核字（2019）第135606号

本书由白鳍豚文化委托知音传媒股份有限公司知音动漫有限公司正式授权中国致公出版社，在中国大陆地区独家出版中文简体版本。未经书面同意，不得以任何形式转载和使用。

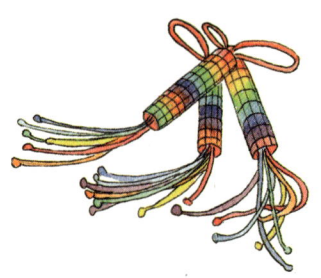

跟着诗词去旅行.巴蜀繁华／白鳍豚文化著

出　　版	中国致公出版社
	（北京市朝阳区八里庄西里100号住邦2000大厦1号楼西区21层）
出　　品	知音动漫图书
	（东湖路179号）
发　　行	中国致公出版社（010-85869872）
作品企划	知音动漫图书·童心坊
项目策划	李　潇　周寅庆
责任编辑	付　阳　周寅庆　李　爽
装帧设计	郑雨薇
插图绘制	白鳍豚文化　胡　龙　胡思琪
印　　刷	武汉精一佳印刷有限公司
版　　次	2019年8月第1版
印　　次	2024年7月第4次印刷
开　　本	787mm×1000mm 1/16
印　　张	6.5
字　　数	74千字
书　　号	ISBN 978-7-5145-1399-8
定　　价	36.00元

版权所有，盗版必究（举报电话：027-68890818）
（如发现印装质量问题，请寄本公司调换，电话：027-68890818）